自分の力で人生を切りひらく!

こども自《じ》助《じょ》論《ろん》

監修
齋藤 孝

日本図書センター

はじめに

『自助論《じじょろん》』は、いまから150年《ねん》以上《いじょう》むかしに、イギリス人《じん》のスマイルズという人《ひと》が書《か》いた本《ほん》です。この『自助論《じじょろん》』はいまでも世界中《せかいじゅう》で、努力《どりょく》のたいせつさを教《おし》えてくれる本《ほん》として愛《あい》されています。

　みなさんはきっと、この「自助《じじょ》」ということばを、はじめて聞《き》いたのではないでしょうか？　少《すこ》しむずかしいですが、「自助《じじょ》」とは「人《ひと》の力《ちから》を借《か》りないで、自分《じぶん》の力《ちから》でがんばる」という意味《いみ》です。『自《じ》助論《じょろん》』には、努力《どりょく》することをはげましてくれて、どんな人《ひと》も元気《げんき》にしてしまうパワーがあるのです。

　ぼくは、なにか新《あたら》しいことをするときには、『自《じ》助論《じょろん》』を開《ひら》くことにしています。この本《ほん》の、人《ひと》をやる気《き》にさせてくれるすごいエネルギーが、ぼくの背《せ》中《なか》を押《お》してくれるからです。

みなさんも、「よしやるぞ！」というときには、この『こども自助論《じじょろん》』を読《よ》んでみてください。そうすればきっと、やる気《き》になったみなさんをはげましてくれる、「人生《じんせい》を切《き》りひらく」ためのひけつが、たくさん見《み》つけられるはずです。

この本《ほん》で「こども訳《やく》」にした24のことばは、どれもためになるものばかりです。ぱっと目《め》に入《はい》ったことばやイラストにも、きっとすてきな発見《はっけん》があると思《おも》います。

ここで出会《であ》ったことばが助《たす》けになって、みなさんが自分《じぶん》の力《ちから》で人生《じんせい》を切《き》りひらいていくことを、ぼくはこころから願《ねが》っています！

齋藤《さいとう》 孝《たかし》

もくじ

第《だい》3章《しょう》 壁《かべ》をうちこわすひけつ

たいへんなことが多《おお》すぎる！ 40

困難《こんなん》こそが
最《もっと》も実《みの》りの多《おお》い学校《がっこう》といえます。

あの人《ひと》のせいでうまくいかない 42

人生《じんせい》に失敗《しっぱい》する人《ひと》というのは、自《みずか》らを純粋《じゅんすい》な
被害者《ひがいしゃ》だと思《おも》い込《こ》んで、すぐに自分《じぶん》の不幸《ふこう》を
人《ひと》のせいにしてしまう傾向《けいこう》があります。

気《き》もちが沈《しず》んでしまったとき 44

ほかの習慣《しゅうかん》と同《おな》じように、物事《ものごと》を楽天的《らくてんてき》に考《かんが》える習慣《しゅうかん》も
意志力《いしりょく》から生《う》まれるのです。

だらだらしてしまう… 46

時間《じかん》を浪費《ろうひ》したままでいると、有害《ゆうがい》な雑草《ざっそう》や様々《さまざま》な
悪癖《あくへき》がはびこるだけです。……怠《なま》けている脳《のう》は悪魔《あくま》の
仕事場《しごとば》となり、怠《なま》け者《もの》は悪魔《あくま》の枕《まくら》となってしまいます。

もう逃《に》げ出《だ》したい！ 48

どんな仕事《しごと》も、逃《に》げられないことだと思《おも》って
行《おこな》えば、そのうちにてきぱきと楽《たの》しく
こなせるようになってきます。

つい強《つよ》がってしまうけど… 50

優《すぐ》れた人《ひと》ほど、
他人《たにん》からの助《たす》けを素直《すなお》に受《う》け入《い》れ、
認《みと》める傾向《けいこう》があります。

コラム 『自助論《じじょろん》』はどんな人《ひと》が読《よ》むの？ 52

第《だい》4章《しょう》　りっぱな人《ひと》になるひけつ

強《つよ》い気《き》もちをもちたい！
自尊心《じそんしん》とは、人間《にんげん》が身《み》にまとう最《もっと》も尊《とうと》い衣服《いふく》であり、
何《なに》よりも精神《せいしん》を奮《ふる》い立《た》たせる感情《かんじょう》です。
54

謙虚《けんきょ》さってなに？
本当《ほんとう》の謙虚《けんきょ》さとは、
自分《じぶん》の長所《ちょうしょ》を正当《せいとう》に評価《ひょうか》することであって、
すべての長所《ちょうしょ》を放棄《ほうき》することではないのです。
56

くじけそうになったとき
人《ひと》が希望《きぼう》を失《うしな》ってしまうと、
それを埋《う》め合《あ》わせることのできるものは何《なに》もなく、
その人《ひと》の人間性《にんげんせい》はすっかり変《か》わり果《は》ててしまいます。
58

みんなにほめてもらいたい！
紳士《しんし》は自尊心《じそんしん》が際立《きわだ》って強《つよ》く……他人《たにん》に見《み》られるもの
よりも、自分《じぶん》にしか見《み》えない品性《ひんせい》を大事《だいじ》にし、自《みずか》らの
心《こころ》の中《なか》の監視者《かんししゃ》が納得《なっとく》することを一番《いちばん》に考《かんが》えるのです。
60

自分《じぶん》には才能《さいのう》がない
偉大《いだい》な人間《にんげん》は才能《さいのう》の力《ちから》など信《しん》じてはおらず、
……（むしろ）世間《せけん》の常識《じょうしき》に明《あか》るく、
忍耐強《にんたいづよ》さを備《そな》えています。
62

どうしたら幸運《こううん》がつかめるの？
風《かぜ》と波《なみ》が一流《いちりゅう》の航海士《こうかいし》の肩《かた》を持《も》つように、
幸運《こううん》の女神《めがみ》はいつも勤勉《きんべん》な人《ひと》の
味方《みかた》であることがわかるでしょう。
64

もっと知《し》りたい！『自助論《じじょろん》』の世界《せかい》　66

おわりに　70

この本《ほん》の読《よ》み方《かた》

『自助論《じじょろん》』は、さまざまな場面《ばめん》で、きみがどう考《かんが》え、問題《もんだい》にどう向《む》き合《あ》うべきかを教《おし》えてくれるんだ。何度《なんど》もくり返《かえ》し読《よ》んで、自分《じぶん》の力《ちから》で人生《じんせい》を切《き》りひらいていこう！

すてきな人生《じんせい》にしたい！

「天《てん》は自分《じぶん》を助《たす》ける人《ひと》を助《たす》ける」

自分《じぶん》を成長《せいちょう》させるのは、他人《たにん》ではなく自分自身《じぶんじしん》。

「天《てん》は自《みずか》ら助《たす》くる者《もの》を助《たす》く」……「自分自身《じぶんじしん》を助《たす》ける」という自助《じじょ》の精神《せいしん》は、本当《ほんとう》の意味《いみ》での個人《こじん》のあらゆる成長《せいちょう》の基盤《きばん》です。

がんばってるところ
ちゃーんと見《み》てるよ
がんばれ
ぼく

12

ことばをわかりやすく説明《せつめい》した**こども訳《やく》**だよ。ユニークなイラストといっしょなら、ことばの理解《りかい》が深《ふか》まるはず。

『自助論《じじょろん》』を**日本語《にほんご》に訳《やく》した文章《ぶんしょう》**だよ。声《こえ》に出《だ》して読《よ》んでみよう。

そのことばが**役立《やくだ》つ場面《ばめん》**を紹介《しょうかい》しているよ。きみの状況《じょうきょう》や気《き》もちに合《あ》ったことばが見《み》つけられるよ。

第《だい》1章《しょう》　運命《うんめい》を切《き》りひらくひけつ

自分《じぶん》でがんばると覚悟《かくご》する！

「天《てん》は自分《じぶん》を助《たす》ける人《ひと》を助《たす》ける」——これは、自分《じぶん》の力《ちから》で人生《じんせい》を切《き》りひらくために、たくさんの人《ひと》をはげましてきた『自助論《じじょろん》』のキホンだよ。それは、ほかの人《ひと》を頼《たよ》らないで、自分自身《じぶんじしん》を頼《たよ》りにするってこと。

これからのきみの人生《じんせい》は、いつでもやさしいことばかりがあるとは限《かぎ》らない。困難《こんなん》なときだって、あるものだよ。そんなとき、運《うん》やほかの人《ひと》に頼《たよ》ってばかりでは、いつまでたっても本当《ほんとう》に成長《せいちょう》することはむずかしいんだ。たいせつなのは、まず自分《じぶん》でがんばるって、覚悟《かくご》すること。そして、自分自身《じぶんじしん》が頼《たよ》れる自分《じぶん》になるための努力《どりょく》をすること。それがスタート地点《ちてん》だよ。

しあわせは、ただ夢見《ゆめみ》ているだけじゃダメ！　きみを成長《せいちょう》させてくれるのは、だれよりもきみ自身《じしん》だよ。だからまず、毎日少《まいにちすこ》しずつ、努力《どりょく》をつみ重《かさ》ねていこう。

13

きみにおぼえておいてほしいことを、スマイルズせんせいが**アドバイス**しているよ。

身近《みぢか》な出来事《できごと》などを例《れい》にしながら、こども訳《やく》を**くわしく解説《かいせつ》**しているよ。むずかしいときは、おとなに聞《き》いてみよう。

＊この本《ほん》で紹介《しょうかい》している訳文《やくぶん》は、『富《とみ》と品格《ひんかく》をあわせ持《も》つ成功法則《せいこうほうそく》 自助論《じじょろん》 Self-Help《セルフヘルプ》』『みずから運命《うんめい》の扉《とびら》を開《ひら》く法則《ほうそく》 自助論《じじょろん》 Self-Help《セルフヘルプ》』（どちらも スマイルズ・齋藤孝訳《さいとうたかしやく》・ビジネス社《しゃ》）と『スマイルズ「自助論《じじょろん》」君《きみ》たちは、どう生《い》きるか』（スマイルズ・齋藤孝訳《さいとうたかしやく》・イースト プレス）を参照《さんしょう》し、一部《いちぶ》（　）で補足《ほそく》しました。

コラム

『自助論《じじょろん》』ってどんなもの？

『自助論《じじょろん》（Self-Help《セルフヘルプ》）』は、いまから150年《ねん》以上前《いじょうまえ》に、イギリス人《じん》のサミュエル・スマイルズという人《ひと》が書《か》いた本《ほん》だよ。この本《ほん》は、どんな人《ひと》でもあきらめないで努力《どりょく》すれば、大《おお》きく成長《せいちょう》することができると教《おし》えてくれているよ。

「自助《じじょ》」とは「人《ひと》の力《ちから》を借《か》りないで、自分《じぶん》の力《ちから》でがんばる」、つまりまわりの人《ひと》や環境《かんきょう》を頼《たよ》りにしないで、自分《じぶん》の力《ちから》を信《しん》じて生《い》きていくという意味《いみ》だよ。

この本《ほん》を書《か》いたスマイルズは、新聞記者《しんぶんきしゃ》としていろいろな人《ひと》に会《あ》ううちに、すごい発明《はつめい》や発見《はっけん》をしたり、事業《じぎょう》で成功《せいこう》したりした人《ひと》たちが、「自分《じぶん》の力《ちから》を信《しん》じて努力《どりょく》をする」という共通点《きょうつうてん》をもっているって確信《かくしん》したんだ。そして、数百人《すうひゃくにん》もの成功《せいこう》や失敗《しっぱい》の体験談《たいけんだん》や、こどものころのエピソードを紹介《しょうかい》して、運命《うんめい》を切《き》りひらくには努力《どりょく》こそが必要《ひつよう》だってことを、この『自助論《じじょろん》』にまとめたんだよ。

第《だい》1章《しょう》

運命《うんめい》を切《き》りひらくひけつ

努力《どりょく》すれば、必《かなら》ずいいことがあるって、たくさんの人《ひと》に勇気《ゆうき》をあたえてきた『自助論《じじょろん》』。この章《しょう》では、努力《どりょく》するためのこころがまえを学《まな》ぼう！

すてきな人生《じんせい》にしたい！

「天《てん》は自分《じぶん》を助《たす》ける人《ひと》を助《たす》ける」
自分《じぶん》を成長《せいちょう》させるのは、
他人《たにん》ではなく
自分自身《じぶんじしん》。

「天《てん》は自《みずか》ら助《たす》くる者《もの》を助《たす》く」
……「自分自身《じぶんじしん》を助《たす》ける」という自助《じじょ》の精神《せいしん》は、本当《ほんとう》の意味《いみ》での個人《こじん》のあらゆる成長《せいちょう》の基盤《きばん》です。

自分《じぶん》でがんばると覚悟《かくご》する！

「天《てん》は自分《じぶん》を助《たす》ける人《ひと》を助《たす》ける」——これは、自分《じぶん》の力《ちから》で人生《じんせい》を切《き》りひらくために、たくさんの人《ひと》をはげましてきた『自助論《じじょろん》』のキホンだよ。それは、ほかの人《ひと》を頼《たよ》らないで、自分自身《じぶんじしん》を頼《たよ》りにするってこと。

これからのきみの人生《じんせい》は、いつでもやさしいことばかりがあるとは限《かぎ》らない。困難《こんなん》なときだって、あるものだよ。そんなとき、運《うん》やほかの人《ひと》に頼《たよ》ってばかりでは、いつまでたっても本当《ほんとう》に成長《せいちょう》することはむずかしいんだ。たいせつなのは、まず自分《じぶん》でがんばるって、覚悟《かくご》すること。そして、自分自身《じぶんじしん》が頼《たよ》れる自分《じぶん》になるための努力《どりょく》をすること。それがスタート地点《ちてん》だよ。

しあわせは、ただ夢見《ゆめみ》ているだけじゃダメ！　きみを成長《せいちょう》させてくれるのは、だれよりもきみ自身《じしん》だよ。だからまず、毎日少《まいにちすこ》しずつ、努力《どりょく》をつみ重《かさ》ねていこう。

大《おお》きな夢《ゆめ》がある！

一度《いちど》の挑戦《ちょうせん》でも、
1000回《かい》の
あこがれより
ずっと
価値《かち》があるよ。

1000回《かい》あこがれるよりも、
思《おも》いきって一度《いちど》チャレンジするほうが
ずっと価値《かち》があるのです。

まず行動《こうどう》してみる！

大《おお》きな夢《ゆめ》をかなえるためには、あこがれているだけではいけないんだって。その夢《ゆめ》を現実《げんじつ》のものにするための、『自助論《じじょろん》』のおすすめがあるよ。

いろいろな理想《りそう》があることは、とってもだいじ。でも、ただあこがれているだけでは、その夢《ゆめ》はしぼんでいってしまうよ。夢《ゆめ》をそのままで終《お》わらせないためには、たとえ一回《いっかい》でも勇気《ゆうき》を出《だ》してやってみることだよ。実際《じっさい》に行動《こうどう》してみたら、すぐ壁《かべ》にぶちあたってしまうかもしれない。でもそれはきみが本気《ほんき》で挑戦《ちょうせん》したからこそ、わかることなんだ。壁《かべ》があることを知《し》ったきみは、それを乗《の》りこえる方法《ほうほう》を探《さが》すことで、前《まえ》よりずっと、夢《ゆめ》に近《ちか》づくことができるよ。

きみの夢《ゆめ》をかなえるために、まずは動《うご》き出《だ》してみよう。ふみ出《だ》したその一歩《いっぽ》は、きみが思《おも》っていたよりも、ずっと大《おお》きな意味《いみ》があるよ。

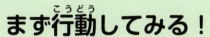

がんばってはいるけれど…

意志《いし》というものは、方向《ほうこう》を考《かんが》えずに
ただひたすら粘《ねば》り強《づよ》く突《つ》き進《すす》んでいくものなので、
正《ただ》しい方向《ほうこう》と動機《どうき》を与《あた》える必要《ひつよう》があります。

ちゃんとがんばる
ためにも、
努力《どりょく》する方向《ほうこう》は
きちんと決《き》める。
それが1番《ばん》の近道《ちかみち》。

ときには目標《もくひょう》を確認《かくにん》する！

もしきみが、「がんばってるのに結果《けっか》が出《で》ない！」と悩《なや》んでいるなら、このことばを思《おも》い出《だ》してほしい。『自助論《じじょろん》』は、努力《どりょく》する方向《ほうこう》はしっかり見《み》きわめようといっているよ。

せっかくのがんばりを空回《からまわ》りさせないためには、目標《もくひょう》をきちんと決《き》めて、努力《どりょく》することがたいせつ。目標《もくひょう》をまちがってしまうと、たとえ最初《さいしょ》は少《すこ》しでも、だんだんとちがう方向《ほうこう》に向《む》かってしまって、最後《さいご》には、ぜんぜんちがう結果《けっか》になってしまうからね。やる気《き》になったときには、目標《もくひょう》に向《む》かって思《おも》い切《き》って行動《こうどう》する。そしてときには立《た》ち止《ど》まって、自分《じぶん》の進《すす》んでいる方向《ほうこう》をしっかりチェックする。それを決《けっ》して、忘《わす》れてはいけないよ。

努力《どりょく》の方向《ほうこう》をまちがえたことに気《き》づいても、だいじょうぶ！　それに気《き》づいたきみは、目標《もくひょう》に向《む》かって、もう一度《いちど》がんばることができるはずだよ。

思《おも》い通《どお》りの結果《けっか》がでない！

成果《せいか》をすぐに期待《きたい》しない。努力《どりょく》してしっかり待《ま》つ、それがだいじ。

作物《さくもつ》を収穫《しゅうかく》する前《まえ》には、まず種《たね》をまいて、たいていは辛抱強《しんぼうづよ》く成長《せいちょう》を待《ま》たなければなりません。

成果《せいか》が出《で》るには時間《じかん》がかかる！

がんばるためには努力《どりょく》の方向《ほうこう》を確認《かくにん》しようって、『自助論《じじょろん》』はいっていたね。でもきみが目標《もくひょう》を決《き》めて努力《どりょく》しても、すぐになにかが変《か》わるわけじゃない。成果《せいか》が出《で》るまでには、長《なが》い時間《じかん》も必要《ひつよう》だってことも知《し》っておいてほしい。

きみが目標《もくひょう》に向《む》かってがんばっても、すぐ成果《せいか》が出《で》るとは限《かぎ》らないものだよ。それは種《たね》からていねいに育《そだ》てた作物《さくもつ》が、嵐《あらし》や日照《ひで》りに耐《た》えて、ようやく収穫《しゅうかく》のときをむかえるようなもの。長《なが》い時間《じかん》がかかって、ついにりっぱな実《み》がなるんだ。人間《にんげん》だって同《おな》じことがいえるよ。あきらめないで努力《どりょく》をし続《つづ》けて、長《なが》い時間《じかん》がすぎて、はじめてすばらしいことができるようになるんだ。

だから、成果《せいか》が出《で》ないことなんて、いちいち気《き》にしない！努力《どりょく》はむくわれるって信《しん》じて待《ま》つ。希望《きぼう》をもって待《ま》つことは、努力《どりょく》とセットでおぼえておこう！

まわりの人《ひと》に認《みと》められたい

ささいなことに人《ひと》がらが出《で》るって、知《し》っておこう。

ほんの小《ちい》さな穴《あな》からでも日《ひ》の光《ひかり》が差《さ》し込《こ》むように、ごくささいな事柄《ことがら》にも人間《にんげん》の人格《じんかく》が表《あらわ》れます。

小《ちい》さなことにも気《き》を配《くば》ろう！

ドアをきちんとしめなかったり、友《とも》だちに助《たす》けてもらったのに、「ありがとう」ってお礼《れい》をいわなかったり。そんなこと、きみはしていない？『自助論《じじょろん》』は、ささいなことだからって、いいかげんにしてはいけないといっているよ。

その理由《りゆう》は、それぞれの人《ひと》がらは、どんなに小《ちい》さなことからでも、はっきりと相手《あいて》に伝《つた》わってしまうから。『自助論《じじょろん》』はそれを、太陽《たいよう》の光《ひかり》はどんな小《ちい》さな穴《あな》からでも、もれ出《で》てしまうようなものといっている。人《ひと》というのはささいなことから、他人《たにん》を判断《はんだん》するものだよ。きみが毎日《まいにち》、いろいろなことをがんばっていても、ほんのちょっとしたことで、「ダメなやつ」と思《おも》われてはもったいない！

ささいなことこそ、ていねいにやってみる。そんなこころのゆとりがあれば、きみがもっているよさが、相手《あいて》にストレートに伝《つた》わるよ。

毎日《まいにち》をどうすごす？

時間《じかん》とは、永久不変《えいきゅうふへん》の真理《しんり》の中《なか》で人間《にんげん》が自由《じゆう》にできる、ごくわずかな要素《ようそ》です。そして、生命《せいめい》と同《おな》じで、失《うしな》ったら二度《にど》と取《と》り戻《もど》すことができません。

時間《じかん》の使《つか》い方《かた》は自分《じぶん》しだい！ 一度《いちど》きりの時間《じかん》、たいせつにしよう。

気《き》もちを引《ひ》きしめる！

あきらめないで努力《どりょく》することをすすめる『自助論《じじょろん》』は、きみの時間《じかん》は自分《じぶん》の成長《せいちょう》のために使《つか》うべきだって、アドバイスしてくれている。なんだかあたりまえだけど、なぜそんな注《ちゅう》意《い》をしているんだろう？

それは、人《ひと》は自分《じぶん》の時間《じかん》をムダにすることが多《おお》いから。よく考《かんが》えるときみにも、「つい、だらだらしちゃった」なんてときがあるはずだよ。どんな人《ひと》でも強《つよ》い気《き》もちがないと、自《じ》分《ぶん》でも気《き》づかないうちに、ムダな時間《じかん》をすごしてしまうことがあるものなんだ。だからムダな時間《じかん》と気《き》づいたら、すぐに気《き》もちを切《き》りかえることだよ。時間《じかん》というものは油断《ゆだん》すると、どんどんとすぎていってしまう。そのとき失《うしな》った時間《じかん》は、二度《にど》と戻《もど》らないよ。

自分《じぶん》の時間《じかん》には限《かぎ》りがあるから、「時間《じかん》の使《つか》い方《かた》は自分《じぶん》しだい」ってこと、ときには思《おも》い出《だ》そう！

コラム

スマイルズってどんな人《ひと》？

『自助論《じじょろん》』を書《か》いたサミュエル・スマイルズは、1812年《ねん》にイギリスのハディントンという町《まち》の、貧《まず》しい家庭《かてい》に生《う》まれたよ。そして家族《かぞく》の面倒《めんどう》をみるために、苦労《くろう》して医者《いしゃ》になったんだ。

でも、スマイルズはずっと、「努力《どりょく》すればむくわれる」ってことを世《よ》の中《なか》に発信《はっしん》したいと思《おも》っていたよ。それで、26歳《さい》のときには医者《いしゃ》をやめて、新聞《しんぶん》などに文章《ぶんしょう》を書《か》くようになったんだ。

やがてスマイルズは、蒸気機関車《じょうききかんしゃ》を発明《はつめい》したスティーブンソンという人《ひと》の本《ほん》を書《か》いたよ。失敗《しっぱい》にもくじけないスティーブンソンの生《い》き方《かた》から、スマイルズはあらためて、努力《どりょく》のたいせつさを実感《じっかん》したんだ。そして1859年《ねん》の『自助論《じじょろん》』で有名《ゆうめい》になったよ。そのあと、すばらしい人《ひと》になる方《ほう》法《ほう》を紹介《しょうかい》した『人格論《じんかくろん》』や『義務論《ぎむろん》』などを書《か》いて、成功《せいこう》したスマイルズは、1904年《ねん》に92歳《さい》で亡《な》くなったんだ。

第《だい》2章《しょう》

実力《じつりょく》をつけるひけつ

「よし、がんばるぞ」と決意《けつい》したけれど、
どうすればいいのかわからない……。
きみが力《ちから》をつけていくヒントを知《し》ろう!

きちんとした
おとなになる！

よい習慣《しゅうかん》は、こどものときほど手《て》に入《い》れやすいだいじな宝物《たからもの》だよ。

人間《にんげん》は悪《わる》い習慣《しゅうかん》があまりついていない若《わか》いうちに、いい習慣《しゅうかん》を身《み》につけたほうがいい。実際《じっさい》、習慣《しゅうかん》は若《わか》いうちほど身《み》につけやすく、一度《いちど》身《み》につけたら一生《いっしょう》のものになる。

よいことは自分《じぶん》の習慣《しゅうかん》にしよう！

きみのまわりにも、片《かた》づけができなかったり、約束《やくそく》の時間《じかん》が守《まも》れなかったりする、だらしのないおとながいるかもしれないね。そんなおとなにならないために、このことばをおぼえておくといいよ。

あいさつや身《み》のまわりのことなど、よい習慣《しゅうかん》はこどものときほど、身《み》につきやすいよ。こどもはこころがやわらかいから、すぐによい習慣《しゅうかん》を手《て》にすることができるんだ。それは、一生使《いっしょうつか》える、とっておきの宝物《たからもの》になるよ。でも、そんなあたりまえのことでも、おとなになって身《み》につけるのは、むずかしい。からだにしみついた習慣《しゅうかん》は、なかなかとれないんだ。

だから、きちんと早起《はやお》きをしたり、身《み》なりを清潔《せいけつ》にしたり、小《ちい》さなことでいいから、ひとつひとつよい習慣《しゅうかん》をふやしていこう。それは、どんなときでもきみを助《たす》けてくれる、強《つよ》い味方《みかた》になってくれるはずだよ。

ぜんぜん やる気《き》が出《で》ない

受《う》け身《み》じゃダメ！「これをやる」って決《き》めて、はじめて自分《じぶん》のものになるよ。

他人《たにん》から押《お》しつけられた教育《きょういく》は、自《みずか》らの勤勉《きんべん》で粘《ねば》り強《づよ》い努力《どりょく》によって手《て》に入《い》れたものより、はるかに劣《おと》ります。

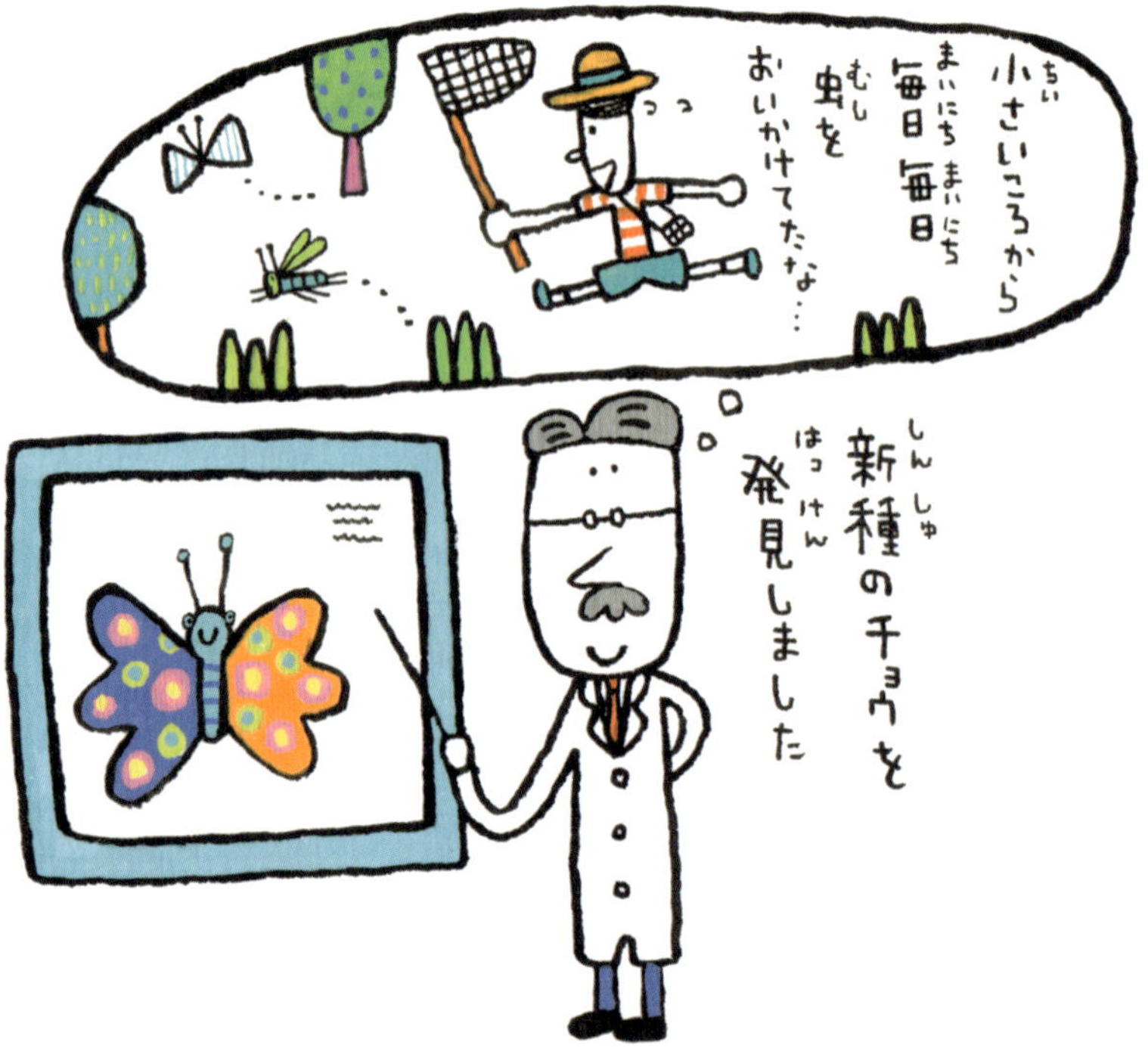

熱中《ねっちゅう》できることを見《み》つけよう！

勉強《べんきょう》もスポーツもふつうにやっているけれど、ぜんぜんやる気《き》が出《で》ない……。そんなこと、きみにもあるんじゃないかな？『自助論《じじょろん》』によると、それはきみが人《ひと》から押《お》しつけられたことを、ただ受《う》け身《み》でやっているからなんだって。

先生《せんせい》や両親《りょうしん》のいう通《とお》りにやることはだいじなこと。でもそれだけではいけないよ。宿題《しゅくだい》でも家《いえ》の手伝《てつだ》いでも、どんなことだって「自分《じぶん》でやる」って決《き》めること、それがだいじなんだ。もしもきみの中《なか》に、「ただ人《ひと》からいわれたから」という受《う》け身《み》な気《き》もちしかなかったら、すばらしいことを教《おそ》わったとしても、きみのこころには残《のこ》らない。反対《はんたい》に、きみが自分《じぶん》から進《すす》んで取《と》り組《く》んだことは、きみのからだのすみずみにしみ込《こ》んで、ちゃんときみの実力《じつりょく》になっていくよ。

どんなことにも、正面《しょうめん》から向《む》き合《あ》ってみよう。こころから熱中《ねっちゅう》できることが、きっと見《み》つかるよ！

どうせ自分《じぶん》は ダメだから…

臆病《おくびょう》で優柔不断《ゆうじゅうふだん》な人間《にんげん》は、
単《たん》に不可能《ふかのう》そうに見《み》えるからというだけで
何《なん》でも不可能《ふかのう》だと思《おも》ってしまうのです。

自分《じぶん》で不可能《ふかのう》って決《き》めつけたら、できることだってできなくなるよ。

自分自身《じぶんじしん》を信《しん》じること！

人生《じんせい》で成功《せいこう》するひけつがつまっている『自助論《じじょろん》』は、逆《ぎゃく》に失敗《しっぱい》してしまうような人《ひと》の共通点《きょうつうてん》を教《おし》えてくれているよ。それは、どんなことでもすぐに、「自分《じぶん》には不可能《ふかのう》だ」って、思《おも》い込《こ》んでしまうことなんだって。

きみがなにか新《あたら》しいことに挑戦《ちょうせん》するとき、最初《さいしょ》から「どうせ自分《じぶん》にはできない」なんて考《かんが》えてはいけないよ。人《ひと》は、能力《のうりょく》がないと思《おも》い込《こ》むことで、できることの範囲《はんい》を、自分《じぶん》でせばめてしまうんだよ。まちがいや失敗《しっぱい》が怖《こわ》いからって、あきらめてはダメ！　もしあきらめてしまったら、きみ自身《じしん》の可能性《かのうせい》をつぶすことになるからね。そんな人《ひと》は、優柔不断《ゆうじゅうふだん》な臆病者《おくびょうもの》だよ。

まず、できることをやってみる！　どんなに小《ちい》さな行動《こうどう》でも、それは自分《じぶん》への自信《じしん》を生《う》んで、きみの「できること」を広《ひろ》げてくれるはずだからね。

どんな勉強《べんきょう》したらいい？

うわべだけの知識《ちしき》よりは、少《すこ》しのことでも正確《せいかく》におぼえた方《ほう》が、ずっと役《やく》に立《た》つよ。

たとえわずかな知識《ちしき》でも、正確《せいかく》で完全《かんぜん》なものであれば、表面的《ひょうめんてき》な学習《がくしゅう》で得《え》た知識《ちしき》よりもはるかに実際《じっさい》の目的《もくてき》に役立《やくだ》ちます。

泳《およ》ぎのキホンは
まず浮《う》くってことだよ
いろいろ役立《やくだ》つぞー
はーい
プカプカ

キホンをしっかり身《み》につける！

たくさん勉強《べんきょう》することはだいじだけど、それがうわべだけの知識《ちしき》になってしまっては、いけないよ。それよりは、少《すこ》しのことをちゃんとおぼえた方《ほう》がいいって、『自助論《じじょろん》』はすすめているよ。

きみが成長《せいちょう》していくために、しっかり勉強《べんきょう》することは必要《ひつよう》だよ。でも本当《ほんとう》に役《やく》に立《た》つのは、たとえわずかなことでも、確実《かくじつ》に自分《じぶん》の身《み》についたキホンなんだ。それは、これからのきみの勉強《べんきょう》の土台《どだい》になり、ふだんの生活《せいかつ》の中《なか》でも、応用《おうよう》することができるものになっていくよ。うわべだけの知識《ちしき》では、世《よ》の中《なか》では実際《じっさい》に使《つか》えないんだ。

勉強《べんきょう》で手《て》にすることができる知識《ちしき》は、きみが成長《せいちょう》するためのものだよ。たくさんの知識《ちしき》を、ただじまんするためのものにしては、かっこ悪《わる》い！　一歩《いっぽ》ずつ、キホンをしっかりおぼえることからはじめよう。

もっと成長《せいちょう》するには…

本《ほん》の中《なか》からいいところを見《み》つけて、自分《じぶん》のものにすることがだいじだよ。

本《ほん》を読《よ》む場合《ばあい》も、交友関係《こうゆうかんけい》と同《おな》じように最良《さいりょう》の本《ほん》に触《ふ》れ、最良《さいりょう》の部分《ぶぶん》を見《み》つけ出《だ》して見習《みなら》うことが大切《たいせつ》です。

よいところはまねしていこう！

努力《どりょく》して、もっとレベルアップしたいときには、いったいどうすればいいんだろう？ そんなときには、いつまでも1人《ひとり》で悩《なや》まないで、『自助論《じじょろん》』のこんなアドバイスを思《おも》い出《だ》してみるといいよ。

自分《じぶん》でがんばっていくための近道《ちかみち》、それはたくさん本《ほん》を読《よ》んで、そこに出《で》てくるすぐれた人《ひと》をお手本《てほん》にすることだよ。本《ほん》の中《なか》では、国《くに》も時代《じだい》も性別《せいべつ》もちがう、すばらしい人《ひと》とたくさん出会《であ》うことができる。そんな人《ひと》たちの、生《い》き方《かた》や考《かんが》え方《かた》のいいところをまねして、自分《じぶん》のものにしてみよう。そうすればきみは、自分1人《じぶんひとり》で考《かんが》えていたときよりも、ずっと大《おお》きく成長《せいちょう》することができるはずだよ。

自分《じぶん》の力《ちから》でがんばるってことは、頭《あたま》の中《なか》で考《かんが》えることばかりじゃない。本《ほん》で出会《であ》ったお手本《てほん》のいいところを吸収《きゅうしゅう》して、成長《せいちょう》のエネルギーにしよう。

チャンスを つかみたい！

チャンスは しっかりつかもう。 もしチャンスが なくても、 それは自《じ》分《ぶん》で つくれるよ。

鉄《てつ》を熱《あつ》いうちに打《う》つだけでなく、
鉄《てつ》が熱《あつ》くなるまで打《う》ち続《つづ》けなくてはなりません。

ねばり強《づよ》さがだいじ！

きみは「鉄《てつ》は熱《あつ》いうちに打《う》て」ということばを知《し》っているかな？　どんなことでも、ちょうどいいチャンスを逃《のが》してはいけないという意味《いみ》のことわざだよ。

鉄《てつ》をじょうぶにつくるためには、鉄《てつ》を熱《あつ》くしてさめてしまう前《まえ》にたたく必要《ひつよう》があるんだ。それと同《おな》じでどんなことにも、ちょうどいい機会《きかい》というものがある。それは自分《じぶん》でしっかりつかむもの。きみが成長《せいちょう》する機会《きかい》だって、いつもあるわけじゃないから、そのときを逃《のが》してはいけないんだ。

もしきみが、成長《せいちょう》するチャンスがないってあきらめているなら、それはちがうよ。チャンスは自分《じぶん》の力《ちから》でつくり出《だ》すこともできるんだ。きみ自身《じしん》が、目標《もくひょう》に向《む》かってまじめに努力《どりょく》し続《つづ》けたときに、チャンスははじめて生《う》まれるんだよ。

ねばり強《づよ》くあきらめないきみは、小《ちい》さなチャンスだって見《み》きわめて、つかまえられるようになるからね。

コラム

『自助論《じじょろん》』は どんな時代《じだい》に書《か》かれたの？

『自助論《じじょろん》』が書《か》かれたころのイギリスは、「太陽《たいよう》の沈《しず》まない国《くに》」と呼《よ》ばれていたよ。もちろんイギリスでも太陽《たいよう》は沈《しず》むけれど、その支《し》配《はい》するどこかべつの国《くに》では必《かなら》ず日《ひ》がのぼっている……。つまりイギリスが、多《おお》くの国《くに》を支配《しはい》していたってことだよ。

イギリスは、インドやアフリカなど、さまざまな地域《ちいき》を軍事《ぐんじ》や経《けい》済《ざい》で支配《しはい》する、世界《せかい》で１番強《ばんつよ》い国《くに》だったんだ。

イギリスでは当時《とうじ》、鉄道《てつどう》や蒸気船《じょうきせん》、機械《きかい》を使《つか》った工場《こうじょう》など、新《あたら》しい技術《ぎじゅつ》が産業《さんぎょう》をさかんにする、「産《さん》業革命《ぎょうかくめい》」が進《すす》んでいたんだよ。変化《へんか》の大《おお》きな時代《じだい》だから、豊《ゆた》かになった人《ひと》と、そうでない人《ひと》との格差《かくさ》も、どんどんと広《ひろ》がっていったんだ。そんなときに、「努力《どりょく》すればむくわれる」というメッセージを伝《つた》えた『自助《じじょ》論《ろん》』は、多《おお》くの人《ひと》びとに受《う》け入《い》れられていったんだよ。

すごいよね！
どこへ行《い》ってもイギリスだね

第《だい》3章《しょう》

壁《かべ》をうちこわすひけつ

せっかくがんばってみても、
いきなりたいへんな困難《こんなん》に出会《であ》ってしまった……。
そんなときでも負《ま》けない方法《ほうほう》を『自助論《じじょろん》』に教《おそ》わろう！

たいへんなことが 多《おお》すぎる！

困難《こんなん》こそ、すばらしい成果《せいか》を生《う》み出《だ》すよ。

困難《こんなん》こそが最《もっと》も実《みの》りの多《おお》い学校《がっこう》といえます。

困難《こんなん》は成長《せいちょう》のきっかけ！

だれでも困難《こんなん》には出会《であ》いたくないものだよね。でも、そんな苦《くる》しい時間《じかん》が、きみの成長《せいちょう》のためには、とてもたいせつなものなんだって。どういうことだろう？

きびしい困難《こんなん》は、人《ひと》をつらい気《き》もちにさせるものだよね。こころがくだけてしまいそうになることだって、きっとあるはず。いままでのやり方《かた》が通用《つうよう》しないから、なにか新《あたら》しい方《ほう》法《ほう》を見《み》つけて、状況《じょうきょう》を変《か》えなくてはいけないのかもしれない。でも、そんなつらい経験《けいけん》こそが、きみをさらに大《おお》きく成《せい》長《ちょう》させるきっかけになっていくよ。

困難《こんなん》の中《なか》で、努力《どりょく》して手《て》に入《い》れた力《ちから》はぜったいにきみを裏《うら》切《ぎ》ることはない。だから『自助論《じじょろん》』は、そんなピンチのことを、最高《さいこう》の学校《がっこう》だっていっているんだ。もしたいへんなことが起《お》きたら、「ここでなにか学《まな》べるはず」って思《おも》って、勇気《ゆうき》を出《だ》してみようよ。

あの人《ひと》のせいで うまくいかない

人生《じんせい》につまずく人《ひと》は、
うまくいかない
ことをぜんぶ
人《ひと》のせいだと
考《かんが》えてしまうよ。

人生《じんせい》に失敗《しっぱい》する人《ひと》というのは、自《みずか》らを純粋《じゅんすい》な被害者《ひがいしゃ》だと思《おも》い込《こ》んで、すぐに自分《じぶん》の不幸《ふこう》を人《ひと》のせいにしてしまう傾向《けいこう》があります。

おつかい
お願《ねが》いね
これ
読《よ》んだ
らね
点数《てんすう》悪《わる》かったの
絶対《ぜったい》ママのせい!!

まず自分《じぶん》が反省《はんせい》する！

うまくいかないことがあると、ついつい人《ひと》のせいにしたくなるよね。「お母《かあ》さんが起《お》こしてくれなかったから遅刻《ちこく》した」とか、「楽《たの》しくなかったのはあの子《こ》のせい」とか……。そんな人《ひと》には、この『自助論《じじょろん》』のきびしいことばを思《おも》い出《だ》してほしいな。

うまくいかなかった原因《げんいん》を、人《ひと》のせいにすることはかんたんなことだよ。でも人《ひと》のせいにしたって、失敗《しっぱい》の結果《けっか》は自分《じぶん》で引《ひ》き受《う》けなくてはいけないよね。だれだって、自分《じぶん》だけは悪《わる》くないって考《かんが》えたい。でも、よくよく考《かんが》えてみると、うまくいかなかった最大《さいだい》の原因《げんいん》は、ほとんどは自分《じぶん》だってことが多《おお》いものだよ。悪《わる》いところは反省《はんせい》して、自分《じぶん》にできる最善《さいぜん》の方法《ほうほう》を考《かんが》えてみよう。

なんでも人《ひと》のせいにしない！ 自分《じぶん》にできることをしっかり考《かんが》えて、実行《じっこう》することだよ。

気《き》もちが沈《しず》んでしまったとき

楽天的《らくてんてき》に考《かんが》えることは、困難《こんなん》を乗《の》りこえる力《ちから》になるよ。

ほかの習慣《しゅうかん》と同《おな》じように、物事《ものごと》を楽天的《らくてんてき》に考《かんが》える習慣《しゅうかん》も意志力《いしりょく》から生《う》まれるのです。

前向《まえむ》きを習慣《しゅうかん》にしよう！

困難《こんなん》に出会《であ》って落《お》ち込《こ》んでしまったら、そうかんたんに立《た》ち直《なお》ることはできないよね。そんなきみに、『自助論《じじょろん》』は「楽天的《らくてんてき》になろう」とアドバイスをしているよ。

「楽天的《らくてんてき》」というのは、「どんなことでもなんとかなる」って考《かんが》えて、くよくよしないこと。でも、いきなり「楽天的《らくてんてき》になろう！」といわれても、それはなかなかむずかしいよね。

そのためのとっておきの方法《ほうほう》、それはふだんから「なんとかなる」と考《かんが》える習慣《しゅうかん》を身《み》につけておくことだよ。もし失敗《しっぱい》をしてしまったら、同《おな》じ失敗《しっぱい》をくり返《かえ》さないために原因《げんいん》を考《かんが》え、問題《もんだい》にまじめに向《む》き合《あ》う。でもそのあとは、あまり落《お》ち込《こ》まないで、気《き》もちを切《き》りかえてみることだよ。

すぐにはムリでも、楽天的《らくてんてき》に考《かんが》えるくせをつけていれば、きみはずっと早《はや》く気《き》もちを立《た》て直《なお》せるはずだよ。まじめさと「なんとかなる」のバランス、忘《わす》れずにね！

だらだらしてしまう…

時間《じかん》をムダに
する人《ひと》のこころは、
雑草《ざっそう》だらけの
庭《にわ》と同《おな》じ。
悪《わる》い気《き》もち
ばかりが育《そだ》つよ。

時間《じかん》を浪費《ろうひ》したままでいると、有害《ゆうがい》な雑草《ざっそう》や様々《さまざま》な悪癖《あくへき》がはびこるだけです。……怠《なま》けている脳《のう》は悪魔《あくま》の仕事場《しごとば》となり、怠《なま》け者《もの》は悪魔《あくま》の枕《まくら》となってしまいます。

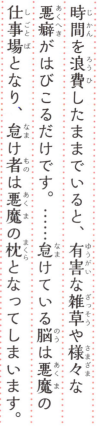

油断《ゆだん》しないで努力《どりょく》を続《つづ》ける！

「時間《じかん》の使《つか》い方《かた》は自分《じぶん》しだい」って『自助論《じじょろん》』はいっていたけれど、このことばはきみが時間《じかん》の使《つか》い方《かた》をまちがってしまったらどうなるかを、教《おし》えてくれているよ。

時間《じかん》をムダにした人《ひと》のこころの中《なか》は、有害《ゆうがい》な雑草《ざっそう》がたくさん生《は》えてしまった庭《にわ》のようなものになる。そして、からっぽになった頭《あたま》の中《なか》は悪魔《あくま》のすみかになってしまうよ。こころに雑草《ざっそう》が生《は》えたり、頭《あたま》の中《なか》に悪魔《あくま》がいるなんて、なんだか気《き》もち悪《わる》いよね。

きみがぼんやりしていると、自分勝手《じぶんかって》な気《き》もちや「なまけたい！」という気《き》もちが、雑草《ざっそう》や悪魔《あくま》がふえるように、どんどんと大《おお》きくなってしまう。そのときみは、時間《じかん》をムダにしただけじゃなくて、自分《じぶん》のやるべきことまでも、見失《みうしな》ってしまうんだ。だから、ときには時間《じかん》を有効《ゆうこう》に使《つか》っているかって、自分《じぶん》をチェックすることだよ。

もう逃《に》げ出《だ》したい！

「逃《に》げてもムダ」って考《かんが》えてみよう。覚悟《かくご》が決《き》まって、どんなことでもかんたんになるよ。

どんな仕事《しごと》も、逃《に》げられないことだと思《おも》って行《おこな》えば、そのうちにてきぱきと楽《たの》しくこなせるようになってきます。

いやなことにも向《む》き合《あ》おう！

勉強《べんきょう》は苦手《にがて》だし、習《なら》い事《ごと》に行《い》くのもめんどくさい。いやなことばかりで、もう逃《に》げ出《だ》したい！　そんなきみが逃《に》げ出《だ》さないですむ、『自助論《じじょろん》』のアドバイスがあるんだ。

その解決法《かいけつほう》は、じつはとてもかんたんなもの。それは「逃《に》げてもムダ」って、きみが覚悟《かくご》することだよ。もしきみが、やらなければいけないことから逃《に》げ出《だ》しても、結局《けっきょく》いやなことはそこに残《のこ》されたまま、ずっときみにつきまとう。それどころか、前《まえ》より悪《わる》くなることだってあるよ。だからそんなときこそ、「やらなくちゃ仕方《しかた》がない！」と覚悟《かくご》を決《き》めて、問《もん》題《だい》にまっすぐに向《む》き合《あ》うんだ。そして、実際《じっさい》に手《て》をつけてみることだよ。

いやなことこそ、逃《に》げないようにしてみよう！　やりはじめたら、想像《そうぞう》したよりもずっとかんたんなことだって、たくさんあるよ。

つい強《つよ》がって
しまうけど…

すぐれた人《ひと》こそ、
まわりの人《ひと》に
助《たす》けてもらった
ことを、
素直《すなお》に認《みと》めて
忘《わす》れないよ。

優《すぐ》れた人《ひと》ほど、
他人《たにん》からの助《たす》けを素直《すなお》に受《う》け入《い》れ、
認《みと》める傾向《けいこう》があります。

はじめて山《やま》にのぼれたよ
うさぎくんのおかげだね
テヘ
いやあ
かめくんが
努力《どりょく》したからさ

感謝《かんしゃ》できることこそ成長《せいちょう》のしるし！

『自助論《じじょろん》』によると、大《おお》きな仕事《しごと》をした人《ひと》はみんな、たくさんの人《ひと》に助《たす》けてもらって、いまの自分《じぶん》があるって考《かんが》えているみたいだよ。

人《ひと》はだれでも、まわりの人《ひと》との関係《かんけい》があってはじめて生《い》きていけるもの。でもつまらない人《ひと》に限《かぎ》って、自分《じぶん》は1人《ひとり》でなんでもできる、まわりの人《ひと》なんて自分《じぶん》とは関係《かんけい》ない、と思《おも》い込《こ》んでいることが多《おお》いんだ。でもそれは大《おお》きなまちがい。人《ひと》は生《う》まれてから死《し》んでいくまで、まわりの人《ひと》なしでは、生《い》きられない。赤《あか》ん坊《ぼう》として生《う》まれることも、病気《びょうき》になって死《し》んでいくことも、だれかに助《たす》けてもらって、はじめてできることだよ。すぐれた人《ひと》ほど、そのことを受《う》け入《い》れていて、感謝《かんしゃ》のことばを口《くち》にしているよ。

だれも1人《ひとり》では生《い》きられない。先生《せんせい》や家族《かぞく》、友《とも》だちに、いつも助《たす》けてもらってるってことを知《し》っておこう。

コラム

『自助論《じじょろん》』は どんな人《ひと》が読《よ》むの？

　『自助論《じじょろん》』は、イギリスはもちろん世界《せかい》の国《くに》ぐにで翻訳《ほんやく》されて、大人気《だいにんき》になったんだ。

　じつはこの本《ほん》、明治時代《めいじじだい》の日本《にほん》でも大《だい》ベストセラーになったよ。1871年《ねん》（明治《めいじ》4年《ねん》）に、中村正直《なかむらまさなお》という人《ひと》が『西国立志編《さいこくりっしへん》』という名前《なまえ》で出版《しゅっぱん》すると、福沢諭吉《ふくざわゆきち》が書《か》いた『学問《がくもん》のすすめ』とともに、そのころの日本人《にほんじん》のこころをとらえたんだよ。文明《ぶんめい》の進《すす》んだ西洋《せいよう》の国《くに》に負《ま》けずに、その強《つよ》さを学《まな》ぼうとしていた日本《にほん》の人《ひと》びとは、この本《ほん》をお手本《てほん》と考《かんが》えたんだ。

　最近《さいきん》でも、世界的《せかいてき》に有名《ゆうめい》なスポーツ選手《せんしゅ》や、ビジネスや政治《せいじ》の世界《せかい》で活躍《かつやく》している人《ひと》びとはもちろん、自分《じぶん》の力《ちから》で夢《ゆめ》をかなえようと努力《どりょく》をしているたくさんの人《ひと》びとが、この本《ほん》のもつ熱《あつ》い気《き》もちに、はげまされているよ。きみも自分《じぶん》を信《しん》じる力《ちから》を、『自助論《じじょろん》』で身《み》につけよう。

第《だい》4章《しょう》
りっぱな人《ひと》になるひけつ

もっと成長《せいちょう》していくための努力《どりょく》ってなんだろう?
自分《じぶん》に自信《じしん》をもって、力強《ちからづよ》く生《い》きていくためには、
どんな気《き》もちでがんばったらいいかを、見《み》つけてみよう!

強《つよ》い気《き》もちをもちたい！

プライドはこころを強《つよ》くする武器《ぶき》。しっかり身《み》につけよう。

自尊心《じそんしん》とは、人間《にんげん》が身《み》にまとう最《もっと》も尊《とうと》い衣服《いふく》であり、何《なに》よりも精神《せいしん》を奮《ふる》い立《た》たせる感情《かんじょう》です。

どうせぼくらは似《に》たりよったりのイモムシだもの…
いいえ みんな それぞれ すてきな もようの ちょうちょに なっていくのよ！

プライドをもって生《い》きる！

自分《じぶん》よりもすぐれた人《ひと》に出会《であ》うと、なんだか卑屈《ひくつ》な気《き》もちになったり、物事《ものごと》がうまくいかないときには、まわりのせいにしてしまったり……。そうならないためにはこころの強《つよ》さが必要《ひつよう》だけど、そんな強《つよ》さは、どうしたら手《て》に入《い》れられるんだろう？

『自助論《じじょろん》』は、そのひけつはプライドだっていっているよ。プライドは、人間《にんげん》がやるべきことに立《た》ち向《む》かう、強《つよ》い気《き》もちをあたえてくれるよ。毎日《まいにち》の努力《どりょく》を重《かさ》ねた人《ひと》だけが、プライドを手《て》にすることができる。それは、こころを強《つよ》くしてくれる武器《ぶき》になるんだ。

プライドは、うまくいっているときには、きみに勇気《ゆうき》をあたえてくれる。困難《こんなん》なときにはこころを支《ささ》えてくれるよ。自《じ》分《ぶん》をきたえる努力《どりょく》をやめないで、きみもしっかりプライドを育《そだ》てよう！

謙虚《けんきょ》さってなに？

いいところも
悪《わる》いところも、
ありのままに
受《う》け入《い》れる。
それが本当《ほんとう》に
謙虚《けんきょ》ってこと。

本当《ほんとう》の謙虚《けんきょ》さとは、
自分《じぶん》の長所《ちょうしょ》を正当《せいとう》に評価《ひょうか》することであって、
すべての長所《ちょうしょ》を放棄《ほうき》することではないのです。

わたしは
こんなに
小《ちい》さいけど
けっこう
すごいかも…
かゆーい
ボリ
ボリ
ブーン

自分《じぶん》を冷静《れいせい》に評価《ひょうか》する！

人《ひと》が大《おお》きく成長《せいちょう》していくために知《し》っておかなくてはいけないこと、それは「謙虚《けんきょ》さ」だよ。『自助論《じじょろん》』によると、謙虚《けんきょ》になるには、自分《じぶん》の長所《ちょうしょ》と短所《たんしょ》をしっかり理解《りかい》することがだいじなんだって。

人《ひと》にはだれでも、欠点《けってん》があるものだよね。そんな自分《じぶん》の未《み》熟《じゅく》な面《めん》が、よくわかっていることは、きみが成長《せいちょう》するための第一歩《だいいっぽ》だよ。でも、自分《じぶん》の未熟《みじゅく》な面《めん》を知《し》っているだけでは、本当《ほんとう》に謙虚《けんきょ》とはいえないんだ。同《おな》じように、自分《じぶん》のいいところに目《め》を向《む》けて、そのことを素直《すなお》に受《う》け入《い》れることも必《ひつ》要《よう》だよ。ありのままの自分《じぶん》を冷静《れいせい》に理解《りかい》する、それが本当《ほんとう》の謙虚《けんきょ》さなんだ。

自分《じぶん》のことを嫌《きら》ったり、うぬぼれて調子《ちょうし》に乗《の》ったりしないで、自分《じぶん》の短所《たんしょ》を直《なお》して、自分《じぶん》の長所《ちょうしょ》を伸《の》ばすようにしてみることだよ。

くじけそうに なったとき

つらくても 希望《きぼう》のかわり なんてないから、 ぜったいに 捨《す》ててはいけないよ。

人《ひと》が希望《きぼう》を失《うしな》ってしまうと、それを埋《う》め合《あ》わせることのできるものは何《なに》もなく、その人《ひと》の人間性《にんげんせい》はすっかり変《か》わり果《は》ててしまいます。

必《かなら》ず
のぼれるさー

どんなときでも希望《きぼう》をもつ！

これからきみは、いろいろな困難《こんなん》に出会《であ》うかもしれない。そこからどうしても抜《ぬ》け出《だ》せず、「自分《じぶん》はもうダメだ……」と思《おも》うことだって、あるかもしれないね。そんなときこそ、このことばを思《おも》い出《だ》してほしいな。

『自助論《じじょろん》』は、どんなにつらく苦《くる》しいときだって、「希望《きぼう》」だけはぜったいに捨《す》ててはいけないといっているよ。たとえいまは苦《くる》しくても、時間《じかん》がたてば状況《じょうきょう》は変《か》わる。未来《みらい》の自分《じぶん》が幸《しあわ》せになるって信《しん》じることで、人《ひと》は生《い》きていくことができるものなんだ。そして、その希望《きぼう》こそが、ギリギリまで追《お》いつめられたときに、自分《じぶん》を助《たす》けてくれる支《ささ》えになってくれるものだよ。もしも希望《きぼう》をなくしてしまったら、人《ひと》はどんどんダメになってしまう。

いったん失《うしな》ってしまったら、希望《きぼう》を取《と》り戻《もど》すことはむずかしい。だから、あきらめないことだよ。

みんなにほめてもらいたい!

すぐれた人《ひと》は、他人《たにん》ではなく自分《じぶん》のきびしい視線《しせん》を基準《きじゅん》にしているよ。

紳士《しんし》は自尊心《じそんしん》が際立《きわだ》って強《つよ》く……他人《たにん》に見《み》られるものよりも、自分《じぶん》にしか見《み》えない品性《ひんせい》を大事《だいじ》にし、自《みずか》らの心《こころ》の中《なか》の監視者《かんししゃ》が納得《なっとく》することを一番《いちばん》に考《かんが》えるのです。

評価《ひょうか》するのは自分自身《じぶんじしん》！

すぐれた人《ひと》は、人《ひと》からどう見《み》られるかよりも、自分《じぶん》がきちんとしているかをきびしく見《み》つめるもの――『自助論《じじょろん》』は、いつもこころの中《なか》で自分《じぶん》を確認《かくにん》することをすすめているよ。

だれだって「すごい！」とほめられて、人《ひと》から認《みと》められたいものだよね。そのためにがんばるのは自然《しぜん》なことだよ。でも人《ひと》の評価《ひょうか》が目的《もくてき》になってしまってはいけないよ。人《ひと》の評価《ひょうか》ばかりを気《き》にしていては、本当《ほんとう》に自分《じぶん》がやるべきことを見《み》失《うしな》ってしまうからね。

きみのことをだれよりも1番《ばん》わかっているのは、きみ自《じ》身《しん》。なによりも「自分《じぶん》はだいじょうぶ？」って、自分《じぶん》で確認《かくにん》することが必要《ひつよう》だよ。

きみが自分《じぶん》をどう判断《はんだん》するか、「こころの中《なか》に映《うつ》る自分《じぶん》はちゃんとしてる？」って、自分自身《じぶんじしん》に聞《き》いてみる。それを忘《わす》れないようにしよう。

自分《じぶん》には才能《さいのう》がない

本当《ほんとう》に力《ちから》のある人《ひと》は、才能《さいのう》なんて信《しん》じない。努力《どりょく》のたいせつさを、だれよりも知《し》っている人《ひと》だよ。

偉大《いだい》な人間《にんげん》は才能《さいのう》の力《ちから》など信《しん》じてはおらず、……（むしろ）世間《せけん》の常識《じょうしき》に明《あか》るく、忍耐強《にんたいづよ》さを備《そな》えています。

どうもー
才能《さいのう》かねばり強《づよ》さか
といったら わたしらのことですわ
ハハハ
そうでんな
ぼくが ねばり強《づよ》さで
勝《か》ちました

すぐれた人《ひと》ほどねばり強《づよ》いよ！

信《しん》じられないかもしれないけど、すぐれた人《ひと》ほど自分《じぶん》のことをふつうの人《ひと》だって思《おも》っているよ。その理由《りゆう》を『自助論《じじょろん》』はこういっているんだ。

きみは、すぐれた人《ひと》たちはもともと自分《じぶん》とはぜんぜんちがう人間《にんげん》で、最初《さいしょ》からすごい才能《さいのう》があった人《ひと》だって思《おも》っているかもしれないね。でも本当《ほんとう》にそうなのかな？『自助論《じじょろん》』によると、すぐれた人《ひと》こそ、あたりまえのことをあたりまえにするふつうの人《ひと》。ただ、やり抜《ぬ》く気《き》もちの強《つよ》さだけは、ふつうじゃないっていっている。すぐれた人《ひと》は、生《う》まれつき才能《さいのう》があるということよりも、やるべきことを、がまん強《づよ》く続《つづ》けられる人《ひと》のことなんだ。

「自分《じぶん》は才能《さいのう》がない」というのは、もしかしたらいいわけかもしれないよ。人《ひと》として、やるべきことはちゃんとする。そしてやりたいことは、決《けっ》してあきらめないことだよ。

どうしたら幸運《こううん》がつかめるの？

努力《どりょく》さえ忘《わす》れなければ、幸運《こううん》が必《かなら》ず味方《みかた》してくれるよ。

風《かぜ》と波《なみ》が一流《いちりゅう》の航海士《こうかいし》の肩《かた》を持《も》つように、幸運《こううん》の女神《めがみ》はいつも勤勉《きんべん》な人《ひと》の味方《みかた》であることがわかるでしょう。

努力《どりょく》は必《かなら》ずむくわれる！

世《よ》の中《なか》には、どうして運《うん》のいい人《ひと》と悪《わる》い人《ひと》がいるんだろう？『自助論《じじょろん》』は、偶然《ぐうぜん》と思《おも》われている幸運《こううん》でも、ちゃんと味方《みかた》につける方法《ほうほう》があるといっているよ。

『自助論《じじょろん》』は、経験豊《けいけんゆた》かな船乗《ふなの》りには、風《かぜ》や波《なみ》だって味方《みかた》するといっているんだ。それは船乗《ふなの》りが、ただ運《うん》がいいというだけではない。長《なが》い年月《ねんげつ》をかけて自分《じぶん》をみがき、きびしい条件《じょうけん》の中《なか》でも安全《あんぜん》に船《ふね》をあやつる力《ちから》を、ちゃんともっているからなんだ。努力《どりょく》をあきらめない人《ひと》も、それと同《おな》じだよ。

もちろんいつも、期待通《きたいどお》りとは限《かぎ》らない。手《て》ごたえのない時間《じかん》が、長《なが》く続《つづ》くかもしれない。でも、あきらめてはいけないよ。前《まえ》に進《すす》むために努力《どりょく》をやめないきみには、わずかなチャンスだって、つかめる力《ちから》が育《そだ》つからね。

幸運《こううん》の女神《めがみ》は、あきらめないきみを、きっと助《たす》けてくれるはずだよ！

もっと知《し》りたい！

『自助論《じじょろん》』の世界《せかい》

ここでは、『自助論《じじょろん》』の中《なか》で紹介《しょうかい》されている、歴史上《れきしじょう》の人物《じんぶつ》のエピソードを紹介《しょうかい》するよ。おぼえておいて、友《とも》だちにも話《はな》してみよう！

早起《はやお》きのためにお金《かね》を払《はら》う!?

だれでも、はじめからよい習慣《しゅうかん》が身《み》についていたわけじゃない。博物学者《はくぶつがくしゃ》のビュフォンというフランス人《じん》は、もともとめんどくさがりだったけど、仕事《しごと》にうち込《こ》むために、早起《はやお》きして、時間《じかん》を有効《ゆうこう》に使《つか》おうと決心《けっしん》したよ。

そこであるとき使用人《しようにん》に、朝早《あさはや》く起《お》こしてくれたら、お小《こ》づかいをあげようと約束《やくそく》したんだ。でもビュフォンは、実際《じっさい》に使《し》用人《ようにん》が朝《あさ》、声《こえ》をかけると、「もっと寝《ね》かせろ！」と怒《おこ》ってぜんぜん起《お》きないし、起《お》こさなければあとから、「なんで起《お》こさなかった！」と文句《もんく》をいう困《こま》った人《ひと》だった。うんざりした使用人《しようにん》はあるとき、なんと寝《ね》ているビュフォンのベッドに、洗面器《せんめんき》の水《みず》を流《なが》し込《こ》んだりもしたんだって。

おかげでビュフォンは早起《はやお》きが習慣《しゅうかん》になって、博物学《はくぶつがく》について、多《おお》くの著作《ちょさく》を残《のこ》すことができたんだよ。

こどものときの反復《はんぷく》練習《れんしゅう》はだいじ

「まじめにこつこつ」って、けっこうむずかしいよね。でもくり返《かえ》し練習《れんしゅう》すれば、とてもむずかしいことばでも、きちんとおぼえることができるものなんだ。

ロバート・ピールというイギリスの政治家《せいじか》は、記憶力《きおくりょく》がよくて演説《えんぜつ》が上手《じょうず》だと有名《ゆうめい》だった。でもそのキホンは、こどものころ、父親《ちちおや》に練習《れんしゅう》させられた暗唱《あんしょう》だったんだ。毎晩《まいばん》、机《つくえ》の前《まえ》に立《た》って、おぼえたことばを話《はな》すことで、はじめはうまくいかなかったけれど、だんだんと集中力《しゅうちゅうりょく》がついて、最後《さいご》には一字一句《いちじいっく》まちがえないほどになった。そして大学《だいがく》を優秀《ゆうしゅう》な成績《せいせき》で卒業《そつぎょう》するほど、勉強《べんきょう》ができるようになったんだ。

おとなになったピールは、小《ちい》さいときに身《み》につけた記憶力《きおくりょく》を生《い》かして、すぐれた政治家《せいじか》として大活躍《だいかつやく》したんだ。それも、父親《ちちおや》にきびしくしつけてもらった、こども時代《じだい》の訓練《くんれん》のおかげだったんだよ。

自分《じぶん》を甘《あま》やかさない！

ここでは、あえて自分《じぶん》にきびしくしたからこそ、大《おお》きな仕事《しごと》ができた人《ひと》を教《おし》えるよ。

メンデルスゾーンは、結婚式《けっこんしき》でよく使《つか》われる『結婚行進曲《けっこんこうしんきょく》』をつくったドイツの作曲家《さっきょくか》だよ。あるとき、作品《さくひん》がほめられると自分《じぶん》が成長《せいちょう》できないと思《おも》って、「思《おも》いっきり悪口《わるぐち》をいってくれ。気《き》にいらなかったことは教《おし》えてほしい」って、まわりの人《ひと》に頼《たの》んだこともあったんだって。

すばらしい音楽《おんがく》は、自然《しぜん》に生《う》まれるわけじゃない。ほかの人《ひと》からきびしい意見《いけん》をもらったからこそ、よいものになっていったんだよ。

困難《こんなん》だからって あきらめない

だいじな仕事《しごと》がだいなしになってしまったのに、もう一度《いちど》はじめからやり直《なお》して、結局《けっきょく》は大《おお》きな仕事《しごと》をなしとげることに成功《せいこう》した人《ひと》がいるんだ。

イギリスの歴史家《れきしか》カーライルは、長年《ながねん》、自分《じぶん》が執筆《しっぴつ》していた原稿《げんこう》を、友《とも》だちの家《いえ》のお手伝《てつだ》いさんに、まちがって暖炉《だんろ》で燃《も》やされてしまった。大《だい》ショックのカーライルだったけど、気《き》を取《と》り直《なお》して、もう一度《いちど》はじめから書《か》き直《なお》したんだ。同《おな》じことを二度《にど》やるのは、けっこうきついものだよ。でもカーライルはそのつらさを乗《の》りこえて、本《ほん》を書《か》き上《あ》げてしまった。そしてそれは、歴《れき》史《し》に残《のこ》る名著《めいちょ》となったんだ。

あきらめなければ、できることってたくさんあるんだよ。

いつも熱中《ねっちゅう》して、小《ちい》さなことにも気《き》を配《くば》る

すごい仕事《しごと》をした科学者《かがくしゃ》や発明家《はつめいか》、芸術家《げいじゅつか》は、ほかのことなんて考《かんが》えずに、いつでも「自分《じぶん》がやること」で頭《あたま》がいっぱいなんだって。そしてそのために、小《ちい》さな努力《どりょく》を続《つづ》けることを、やめない人《ひと》たちだよ。

イタリアの天才芸術家《てんさいげいじゅつか》ミケランジェロは、自分《じぶん》がつくっている彫刻《ちょうこく》のことばかり考《かんが》えていた。訪《たず》ねてきた友《とも》だちに、「ここの筋肉《きんにく》をくっきりさせたり、いろいろ改良《かいりょう》したんだ」とながながと説明《せつめい》をした。前《まえ》にも同《おな》じ彫刻《ちょうこく》を見《み》ていた友《とも》だちは、「そんなに細《こま》かいことが重要《じゅうよう》なんですか」といったんだ。するとミケランジェロは、「細《こま》かい修正《しゅうせい》のつみ重《かさ》ねで、作品《さくひん》が美《うつく》しくなるんです。だからささいなことこそ重要《じゅうよう》です」と答《こた》えたというよ。

すごい作品《さくひん》のかげには、物事《ものごと》に熱中《ねっちゅう》し続《つづ》けて、小《ちい》さな工夫《くふう》をやめない努力《どりょく》があったんだね。

勇気《ゆうき》ってなんだろう？

たくさんの偉人《いじん》、成功《せいこう》した人《ひと》を紹介《しょうかい》している『自助論《じじょろん》』だけど、名前《なまえ》も残《のこ》されていない、ふつうの人《ひと》のことも忘《わす》れてはいないよ。

イタリアのアディジェ川《がわ》が、突然《とつぜん》はんらんして橋《はし》の一部《いちぶ》がこわされて、人《ひと》が取《と》り残《のこ》されてしまったことがあった。その橋《はし》は、家《いえ》として人《ひと》が住《す》める橋《はし》だったんだ。岸辺《きしべ》にきたある伯《はく》爵《しゃく》が「あの者《もの》たちを救《すく》ったらほうびをやろう」と呼《よ》びかけたら、1人《ひとり》の若《わか》い農民《のうみん》が小《ちい》さなボートで激流《げきりゅう》へとこぎ出《だ》して、取《と》り残《のこ》された人《ひと》びとを助《たす》けてあげたんだ。ほうびをやろうとする伯爵《はくしゃく》に、若者《わかもの》は「自分《じぶん》はいらないから、家《いえ》を失《な》くした人《ひと》たちにあげて下《くだ》さい」と答《こた》えたというよ。

だれにも知《し》られていなくても、勇気《ゆうき》とやさしさをもって生《い》きていくことはできるって、このエピソードは教《おし》えてくれているんだ。

『自助論《じじょろん》』には、
いろいろな国《くに》や時代《じだい》の人《ひと》びと、
数百人《すうひゃくにん》のストーリーが
つまっているよ！

おわりに

『自助論《じじょろん》』の24のことばを見《み》てきましたが、いかがでしたか？「自分《じぶん》の力《ちから》で人生《じんせい》を切《き》りひらく」ためのひけつは、見《み》つかりましたか？

『自助論《じじょろん》』のことばはわかりやすくて、「これならできる！」と思《おも》えたものが、たくさんあったのではないでしょうか。もし、自分《じぶん》には少《すこ》しむずかしいなと感《かん》じたら、それはあと回《まわ》しにしてしまっても、だいじょうぶ！ 自分《じぶん》にできるものから、はじめてみてください。最後《さいご》にはどのことばも、みなさんのこころのどこかに、しっかりと残《のこ》っていくはずです。

そして、みなさんがくじけそうになったときに、「よし、もう一度《いちど》やってみよう！」と前《まえ》に進《すす》んでいく勇気《ゆうき》をあたえてくれることを約束《やくそく》します。

『自助論《じじょろん》』が生《う》まれた150年《ねん》以上前《いじょうまえ》もいまも、人生《じんせい》にはつらいこと、悲《かな》しいことがたくさんあります。でも『自助論《じじょろん》』を読《よ》むと、ぼくはとても明《あか》るい気《き》もちになります。つらいことや悲《かな》しいことも、すべて自分《じぶん》が成長《せいちょう》するためのきっかけと思《おも》えてくるからです。

この『こども自助論《じじょろん》』には、これまで生《い》きてきたたくさんの人《ひと》の、人生《じんせい》の知恵《ちえ》と力《ちから》とがつまっています。それはみなさんが、運命《うんめい》を自分自身《じぶんじしん》の手《て》で切《き》りひらいていくうえで、必《かなら》ず大《おお》きな助《たす》けになってくれるはずです。

ぼくは、この本《ほん》のことばが、みなさんをふるい立《た》たせてくれて、毎日《まいにち》を前向《まえむ》きに生《い》きる力《ちから》をあたえてくれると信《しん》じています。

齋藤《さいとう》 孝《たかし》

●監修者紹介

齋藤 孝（さいとう・たかし）

静岡県生まれ。明治大学文学部教授。専門は教育学、身体論、コミュニケーション論。著訳書に『声に出して読みたい日本語』（草思社）、『キミたちはどう学ぶか？　こどものための道徳 学び方編』（ビジネス社）、『こども孫子の兵法』『こども菜根譚』『こども君主論』『こどもブッダのことば』『こども武士道』（いずれも日本図書センター）など多数。NHKEテレ「にほんごであそぼ」総合指導。

●イラスト　すがわらけいこ

●デザイン　したらぼ

●企画・編集　株式会社日本図書センター

●参考文献　『富と品格をあわせ持つ成功法則 自助論Self-Help』『みずから運命の扉を開く法則 自助論Self-Help』（どちらも スマイルズ・齋藤孝訳・ビジネス社）／『スマイルズ「自助論」 君たちは、どう生きるか』（スマイルズ・齋藤孝訳・イースト プレス）／『自助論』（スマイルズ・竹内均訳・知的生きかた文庫）／『西国立志編』（スマイルズ・中村正直訳・講談社学術文庫）

自分《じぶん》の力《ちから》で人生《じんせい》を切《き》りひらく！

こども自助論《じじょろん》

2018年6月25日　初版第1刷発行

監修者	齋藤 孝
発行者	高野総太
発行所	株式会社 日本図書センター 〒112-0012 東京都文京区大塚3-8-2 電話　営業部 03-3947-9387 出版部 03-3945-6448 http://www.nihontosho.co.jp
印刷・製本	図書印刷 株式会社

ISBN978-4-284-20428-6　C8098